渡辺かおる　川柳句集

たーちーと

渡辺かおる

たーちーと

たーちーとちーちーちーとたーたーと

おばあちゃん馬にならして悪かった

ままごとの葉っぱのお皿風に飛び

むかしむかし買い物かごの母が好き

父の背に無事故を祈る溶鉱炉

遠足で見た象さんは鎖あり

もういいよ何度呼んでも出てこない
痛かっただろうに分からずごめんね
一冊の絵本描きあげ夫逝く

夢のんで夢かみながら夢なめる

焼酎と人情飲んで噴火する

いってらっしゃいおかえりなさい重ならず

高架下独りではない鳩が鳴く
幻と一人二役しています
この平野　山　空　海も涙する

犬と猫一つの水を飲んでいる

頭の上であらまあらまと鳴くカラス

垂乳根ぷかり寂しさぷかり湯気の中

満開が近付くにつれ目をつむる
お花見煎餅布団の中で食べている
ああうれしい電話をすれば母が居る

かるかんと薩摩揚げ食べ灰も飛ぶ

鹿児島で拾った猫と神戸まで

傘三つ　天気予報は当てにせず

海と空交わるところどんな色
我の巣は我が作って我が住む
そばにいる置いてきぼりの千羽鶴

下駄箱に主亡くした登山靴

渡り鳥　もしかしたらあなたかしら

じっとして冷めた目で見る野良猫よ

十円のお好み焼きはキャベツだけ
保護色を十二色持つ　素で生きる
十七歳あの頃わたし笑ってた

ああ青春胡桃ボタンの弾けし日

掛けているいのちの電話この私

母を女と知った娘と話し込む

千羽鶴羽を広げて乗せてって
瞼にはもう一つの目出来ました
朝の雨あなたが歩く気がします

鈴と鈴じゃれ合う音よいつまでも

犬と猫と私と日常が回る

私はねずみくわえる元気なし

ぐいぐいと連れて行かれたドッグカフェ
眠ります犬の寝息を聞きながら
草食べる犬をゆっくり待っている

雨垂れのひとつひとつを聴いている

いのちってあったかくってぬくいです

ふる里の物産展に足が向く

釘の打ち方父に習った手を取って
中古の家わたくしと気が合っている
パチパチパチパチと拍手したのは私だけ

よく似た背中犬と一緒に追いかける

いつも破っている約束の散歩

尿意で起きるときめきのない朝が来る

白いポスト白いヤモリを届けたよ

時々は身体に悪いことしたい

心細くてツアー利用の墓参り

二枚の切符いつも一枚無駄にする

一分でも遅く行きたい場所を持つ

花が落ちていたみなうつむいていた

ゴミの日で生活リズムつかんでる
青春に忘れ物有り今も恋う
そう言えば「さらば青春」忘れてる

膝小僧昔に帰り転びたい

金魚すくいの想い出今も飼っている

末っ子で数に入れず膝の上

幸せを裂いてばかりの後始末
だいじょうぶ咳する度にだいじょうぶ
救いたいどんなことでもしてみます

熱くないかと冷めてないかと母の湯は
生きたくて畑のみどり呑み込んだ
わたくしのひと癖までも愛される

愛を知る心を込めて豆腐切る

一筋の労働の汗一目ぼれ

矢車草強く生きよと風が吹く

むかしむかし風に出会った滑り台

三歳で笑いじわでき今もある

逢いたくて帰りたくなる青い駅

ちーちーちーと

たまらなくレモンの雨に濡れている

菜の花を食べてみてから過去忘れ

好きになったり好きになったり母のこと

階段駆け登る誰も居なかった
寂しくて何を支えに死にましょう
いつまでも離せないのは犬の骨

世の中がびっくり箱になっている
大晦日十時に犬とふて寝する
三段重のおせち一人のお正月

寅さんも夫もいない映画館
まとわりつく蠅さえも亡夫かと思う
銀幕に映るシーンは熱さあり

おもちゃのピストル真剣に隠して
お正月否応なしに寂しくて
分身はラブソング口ずさんでる

バイオリズム二月はいつも堕ちていく
ささてさてと母性本能薄まって
誘われたら死んでいたかもしれません

コンビニのおにぎりにさえ満たされて

雨雨雨　微かな恋をしてみたい

一匹の蝿に遊ばれ七日間

休暇簿に生理と書いた晩夏かな

わたくしの体の虫籠が騒ぐ

一つだけ話したいことあったのに

蟻の巣に見入ってしまうまた涙

高野豆腐一緒に泣いてくれました

なんかずっとずーと淋しかったような

お下がりの服で姉よりうつくしく
犬の行き先あの頃父に聞けぬまま
てふてふよフレンチキスも忘れたよ

小麦色した私が光る日記帳

レモン搾る恥ずかしかった事も　ギュッ

あと二つ気ままな時計持っている

ひなあられ撒き散らしたくなる孤独

泣きぼくろ海苔で作って泣いてます

お守りはかばんの隅のコップ酒

犬の死はキャベツの中にしまい込む

犬としか寝食ともにできません

ルール読む一ページから眠くなる

保健室　こころの熱を観ています
平熱でいられることの有難さ
いちぬける命をかけることはない

どうしよう娘二階で泣いている
飾る娘も飾らない娘もわたしの子
意を決しまじめな母になり話す

命宿りしあの日それからずっと母
胎動に添えた手母になってゆく
ありがとうありがとう陣痛起きる

感無量なんてかわいい赤ん坊
みかん色の初乳を搾る祈りこめ
見つめ合う溢れる乳を含ませて

神戸の地余震減る日に父が来る

明石蛸　大震災を忘れない

少年の絆と書いたシャツ光る

父の口癖台湾バナナおいしいで

腹の虫わたしのために泣いてくれ

うらおもてうらおもてうら夏を編む

夏の昼身じろぎもせず蓮の花

終わりのないピアノ聞こえるどこからか

朝顔に吸われるように浴衣脱ぐ

さっきから二度頭打つ天罰か

灯り消し眠れる強くなりました

シングルの味を分け合う猫ごはん

春のうつ打ち寄せて来るベッドまで

抗鬱剤飲んで娘の嫁支度

タマを待ちみんな揃って晩ごはん

一本の酒　うちの娘をとってゆく
ブライダルケア娘の代わり通ってる
冷蔵庫からっぽ心も空っぽ

下敷きに埋め尽くされた恋の歌

いつまでも焼却出来ぬ手紙あり

亡夫の手紙レタスに包み食べている

瞼の奥に刻み続ける時計あり

人生の残り時間にねじを巻く

一つ知り二つ忘れて福寿草

ごめんなさい春の芽摘んで天ぷらに

仏壇を抱えたままで話し込む

言葉なく黙し一日の充実

ラッキーセブンそんな気分で逃げるのだ

悔しいが自転車降りる坂の道

百通り試してみたが空くお腹

お茶にしましょう　私の中の亀ぞろり

裏の家と同じテレビで笑ってる

愛深く悲しみあっぷあっぷする

アルバムに毛糸のパンツちょっと見え

何もない私故郷のぬくもり

ふる里置いて二十一回お引っ越し

月とわたし天の知恵だけ聞いている
死にたいと不意につぶやく生きたいと
寝ていても歯を食い縛る我があり

ねえ豆腐私には記念日がない

豆腐があれば笑って飲んだお父さん

母を待ち褒めて欲しくて米洗う

灰色は象さん描き無くなった
象さん象さーん私吸いこんで
初孫の頬を思わず吸っている

たーたーと

保健室羽を休めに来るカモメ

かき氷また誘ってね子どもたち

針と糸借りに来た子と玉結び

ぬいぐるみまた一つ増え保健室

冷たい手冷たい手わたしの手探す

飛び来たれどんな時でも子どもたち

犬の糞処理する手には温かさ

ところどころ味が消えてる一人鍋

母の私欲しくなってる母の味

ほどかれて母の手に集まる毛糸

私の箱は一か所穴が空いている

ご飯炊く娘らに会いたくなっている

独り言私の皮膚に沁み透る

八月の朝あてどないこと考える

絡まる弱さわたしに似てる靴の紐

高速道路独りで走るラジオ音
星屑になって降って来てください
寒いでしょうとハーブにかける霜除けを

ありのまま誰にも話せない夜長

寂しさの結び目辺り指開く

額の父　娘の方が寂しいと

ニンゲンとシゴト始めることにする

仏壇に酒職場に銘菓孫おもちゃ

お礼の電話里の話に花が咲く

文集に夢を素直に書いている

ふるさとは団地の中の集会所

故郷へ帰省本能往き来する

わたくしの三分の二は綴じたまま
障子ってみんな仲良しおかあさん
近道を走る保育所までの道

川覗き鯨がいるか尋ねられ

妊娠線私が産んだ私の子

母となり体の芯に大蛇棲む

保健室金魚に名前付けている

仕方なく金魚死んでる保健室

添って添って添ってやっと心添う

電池切れロボット眠る終電車

ロボットがリモコン見つけ壊してる

自由の女神いつも住んでる保健室

お茶漬けに愛の字書いて食べている
アンネとかおる愛されるため生まれたの
アンネの日記背表紙までも泣いている

いつまでも心配の種食べている

メリーゴーランド幸せの日を想い出す

蛙の子サラブレッドとかわいがる

ペット禁止医者の言うこと聞きませぬ
私の話犬はまじめに聞いている
何もいらない犬が尾を振るそれでいい

タマに聞くうさぎも飼っていいですか

平凡な暮らしの中の模様編み

鈴虫百匹音の無くなる秋

父と母姉と兄みなやって来る
臨終に心の叫び逝かないで
バラの花束抱いた亡夫が玄関に

さあ寝ましょう夢の続きが見たいから

くしゃみの度にニャーンと鳴いてくれるタマ

好きなだけ一人湯に入る午前二時

もう嫌と言い聞かせてる洗濯機
かけて編みかけて編み込む春を待つ
チューリップ植える気持ちになりたくて

何もない私に平温の布団

畔もなく蓮華も咲かず桜祭り

オギャーオギャーと泣きたくなって泣いてみる

夜も雨あなたの声が欲しくなる
この恋は苦しくてまた苦しくて
紫陽花を掻き毟りたいほど嫌い

雨ひと粒ひと粒好きになっている
無理なのか普通に愛し暮らすこと
未送信のままのメール削除する

百まで生きる言わなくなった父を看る
父のお骨分けて欲しいと兄に言う
どんどんと寂しさの数増えている

目ヂカラと家族力無くなる不安

母と観る冥土の土産と言う月

わたくしはマタタビ食べて家を出る

生かされて東北の地へボランティア

子どもらと歌う　幸せ運びます

草刈りの白詰草に手が止まる

志津高生　この命役立てたいと
生徒らと詠み温かい命抱く
草の根も全ての命愛おしい

地球との共生視野に研ぐ五感

満足だ　戦争を知らないでいる

核兵器捨てろとゴジラ吠えている

保健室笑いのおしくらまんじゅう

ハイピースチーズと言われついポーズ

明日会おう　待ち合わせ場所　保健室

葱坊主　ニートのままでいたくない
パープルの包みにしまう内緒ごと
一本の伸びる影立つわたくしの

川が好き橋の下からひろわれて

裂ける音と生き続けてる耳開く

鬱明ける十四年振り雨戸開く

私と川柳

川柳を始めた頃、今の自分を川柳で表して挨拶する機会があり、私はその時、喪失の最中でどんな言葉も思い付かず表現するのに困りました。そして過去を振り返り「ちー」と言う中にこれまでの悲しい時や辛い時の色んな思いが詰まりました。しかし、無邪気に笑っていた頃もあったのだと思い出し、嬉しい時や楽しい時の幸せな気持ちが「たー」と言う中に入り込みました。人生を振り返り、たーちーだったたと感じました。今はちーちーちーと苦しいけれどたーたーたーと気持ちを込めて、

たーちーとちーちーちーとたーたーたーと

二〇〇二年川柳大学西日本句会の雑詠に、この句を投句し選者の時実新子が「句箋を手にしたとたんにあっと思い、次の瞬間熱いものがこみあげ句が泣いている、訴えている。それが言葉にならず、おさなごのように悲鳴をあげている」と受け止めて下さったことで

胸のつかえが下りました。自分の思いをありのままに、自分の言葉で今を詠んだ入魂の一句だったので、共感していただいたことで随分癒されました。自分の気持ちを聞いて欲しかったのだと思います。素晴らしいカウンセラーに巡り会えたように感じ、それからは川柳が私のカウンセリングになりました。ストレートに気持ちを出している拙い句集ですが、詠んでいただいた方と気持ちの重なる部分があり共有できたら大変嬉しいです。そしてもし良かったら是非川柳を始めていただけたらと思います。

この川柳句集は日々遭遇する喜怒哀楽、その中でも喪失にまつわる感情を多く表出しています。句集を通じて、私のこれまでの人生を辿ってみたら喪失体験の連続だったことに気付きました。喪失の対象は、愛する人、ペット、大切な物、人格、環境、役割、身体的な事など日常に存在して、喪失は私に限らず誰もが体験することでもあります。ある精神科医師は喪失の中でも別居と離婚と死別は人生の三大苦とも言っています。喪失の体験は予期もしていない苦しい結末に付随して、炸裂する音と不協和音の中で生き続けているように思えます。喪失体験を乗り越えるためには、悲嘆の作業が必要と言われますが、この道筋はどのようになっているのでしょうか。喪失の中でも、死は自分自身も迎え、体の一部のようでまた人生の一部であると思います。

私は川柳との出会いがあったから十七音字が湧き出て悲嘆の作業が出来ました。そのプロセスは行ったり来たりの繰り返しで、出来上がった句集には、人生の節目節目が顕わになっていました。辿り着いた先は塞ぎたい苦しさなのに、閉ざされていた五感を澄まして前を向き耳を開くしかありませんでした。

しかし私には一つ乗り越えられない大きな壁があり、なかなか心を開くことができていません。閉じたままの三分の二がどのような形で出てくるのかは謎で、私の川柳は未知数です。これからも自分と向き合っていく、ずっしりとした作業が残されています。「たーちーとちーちーちーとたーたーたーと」この句を作ったのは十三年前ですが、いつまでもやはり人生はたーちーなのかもしれません。

二〇一五年四月　　神戸よりこれまでの感謝を込めて　　渡辺かおる

渡辺かおる（わたなべ・かおる）

一九五七年兵庫県生まれ。

神奈川県立看護教育大学校保健学科卒業。兵庫教育大学院学校教育研究科修士課程教育実践高度化専攻修了。

新日本製鉄所病院看護師、尼崎市保健所保健師を経て、兵庫県公立小学校・専門高校・特別支援学校・普通科高校養護教諭。現在県立神戸高等学校在職。

保健室の集団力学的作用と生徒と気持ちの交流をする学園川柳が楽しみ。

川柳歴十五年・元時実新子の川柳大学会員。川柳作家島村美津子を囲む「実の会」でありのままの人間を詠む文芸を学びながら、川柳を通じた自分との対話を続けている。

たーちーと

二〇一五年五月一日　第一刷発行

著者　渡辺かおる
発行者　小柳学
発行所　左右社
〒一五〇・〇〇〇二　東京都渋谷区渋谷青山アルコーブ
電話〇三・三四八六・六五八三　FAX〇三・三四八六・六五八四
http://sayusha.com/

装幀　東辻賢治郎
印刷所　株式会社SIP

Printed in Japan　ISBN978-4-86528-307-5

〈川柳句集シリーズ〉

約束の旅　黒川佳津子

生きようと　島村美津子

硝子のキリン　道家えい子

石の名前　中川千都子

艶歌　愛しき人よ　中野文擴

へうげもの　秀川純

ピアニッシモ　別所花梨

揺振摺　VIVRE 生きる　1995-2015　門前喜康

雫が海となる神話　茉莉亜まり

新　ピンチはチャンス　吉田利秋

北極星　渡辺美輪

本体価格一一一一円＋税